De toi à moi

Photos des agences

Bios-Phone
Corbis
Hoaqui Jacana Explorer
Photos 12
Rapho

MILAN jeunesse

Bien à l'abri dans un long châle sur le dos de sa maman, cet enfant du **NÉPAL** peut la suivre partout.

À cause des colliers qu'elles doivent porter, cette **THAÏLANDAISE** et sa maman sont appelées des **FEMMES GIRAFES**.

En **INDE** et ailleurs, les pauvres vivent parfois dans des bidonvilles. Dans ces quartiers, les maisons sont faites de matériaux récupérés.

Dans les immenses plaines de **MONGOLIE**, certaines familles vivent dans des yourtes, de grandes tentes faciles à déplacer.

Cet enfant d'**AFGHANISTAN** vit lui aussi dans une vaste tente.
Il est à peine âgé d'un an et boit déjà comme un grand.

Miam-miam ! En **ÉQUATEUR**, comme dans beaucoup
de pays chauds, on se régale de fruits très sucrés.

Au **GHANA**, cette fillette aide sa maman à piler le manioc.
Comme le mil, c'est un aliment très consommé en Afrique.

Que de plats délicieux ! À l'occasion d'une fête, ces petites filles **CHINOISES** sont bien décidées à tout goûter.

Au **PÉROU**, le lama sert à tout ! Il est utilisé pour se déplacer et on peut aussi faire de jolis bonnets avec sa laine.

Brr ! Il fait vraiment froid en **SIBÉRIE** ! Rien de mieux qu'un manteau en peau de renne pour avoir bien chaud.

Sur un buffle au **VIETNAM**, dans un panier en **BIRMANIE**, à cheval à **CUBA**, à vélo au **LAOS**, en carriole en **CHINE**... En route !

Vroum ! Ces enfants de **THAÏLANDE** s'amusent sur un tuk tuk. C'est un petit véhicule motorisé à trois roues.

Le nouvel an **CHINOIS** est arrivé ! Dans la rue, les enfants jouent de la musique, vêtus de leurs beaux habits de fête.

En **PAPOUASIE-NOUVELLE-GUINÉE**, il est de tradition de se maquiller pour de grandes occasions… même chez les garçons.

Au **NÉPAL**, cette petite fille vient d'être choisie pour protéger la ville. On s'occupe d'elle comme d'une déesse.

En **CHINE**, on peut s'amuser aux jeux vidéo dans la rue.
Une table bricolée, quelques fils électriques… et c'est parti !

Voici le plus grand square du monde ! Dans les plaines de **BOLIVIE**, il y a de la place pour installer des toboggans.

Des passages étroits, des ruelles tortueuses... Dans cette ville du **MAROC**, il est facile de jouer à cache-cache ou à la marelle.

En **PAPOUASIE-NOUVELLE-GUINÉE**, il n'y a pas mieux qu'une pirogue pour voguer et s'amuser sur les flots !

Pour aller à l'école, dans leur petit village du **GHANA**,
ces deux enfants doivent apporter leur chaise.

Et un, deux, trois... Toujours au **GHANA**, c'est maintenant l'heure de la gymnastique. Courage !

Parfois, il n'y a pas d'argent pour construire une école. Alors, dans ce village du **KALAHARI**, en **AFRIQUE**, on s'installe dehors.

Et un grand tableau peut être dressé n'importe où.
Au **PAKISTAN**, ces enfants étudient face aux hautes montagnes.

Ici, au **NIGER**, on apprend à lire avec le Coran, écrit en arabe. C'est le livre sacré de la religion musulmane.

En **CHINE**, il y a plus de 250 millions d'enfants. Même si tous ne vont pas à l'école, ça fait quand même beaucoup d'élèves !

Mais tous les enfants n'ont pas les moyens d'aller à l'école.
Certains, comme ce garçon, en **INDE**, sont obligés de travailler.

Celui-ci coud une grande partie de la journée, sur un marché du **NIGER**. Il doit travailler pour aider ses parents pauvres.

Pour avoir de l'eau potable, cette fillette des **PHILIPPINES** doit venir la chercher loin de sa maison, avec de gros bidons.

En **INDE**, il fait souvent très chaud. Alors, un robinet suffit pour prendre une bonne douche.

C'est l'heure du bain pour cette petite **CHINOISE**.
Un petit bac en bois et... plouf !

Sur la rive de ce fleuve d'**AFRIQUE**, c'est amusant
aussi de se laver en éclaboussant partout.

Quand on a sommeil, un petit carton suffit pour dormir.
Bonne nuit, bébé de **CHINE**...

Au **NÉPAL**, un drôle de panier haut perché,
c'est bien pour jouer… ou pour se coucher !

Que regardent tous ces élèves d'une école au **KENYA** ?
Peut-être toi, enfant du monde...